流れのままに

SUZUKA 鈴歌

文芸社

流れのままに

疲れ切って、設置されていたソファーに、ため息をつきながら腰を下ろした。

〝何年ぶりだろう、市立美術館に来たのは。二十年以上にはなるだろうか？　それにしても疲れるなー、本当に年は取りたくない〟と、心の中で呟いていた。

「モネがお好きですか？」

私に掛けられた言葉とは思わなかった。

「お友達とか、ご家族と一緒にいらしたのですか？」

何気なく目を上げ、声のする方を見ると、カジュアルなシャツにブレザーを着た私と同じような老齢の男性が、ソファーの隣に座っていた。

男性は「絵画鑑賞も疲れますね！」と言って、笑顔を見せた。

立て続けの質問に戸惑いながらも、言葉を返した。

「ええ、何となく好きです。女性って結構、モネが好きですよね、私も御多分にもれずです。若い時に見た感覚と、今見る感覚も違っていて、心の奥を絵に見透されているような気がします。年には勝てません、疲れました。ご家族とご一緒ですか？」

「いいえ、一人ですよ。貴女は？」

「私も一人です。気ままに今日一日を過ごそうと思っていましたが、絵を鑑賞するだけでこんなに疲れていては、コーヒーでも飲んで〝さっさ〟と、家に帰るだけだと思います」と、館内ということもあって、小声で答えた。

ここを出たら、私が喫茶店に入って食事をすると、その男性は思ったのだろう。

「多分、僕もその口です。ここを出たら一時過ぎです。一緒に食事をしませんか？　一人で食事をするのも侘しい気がします。いかがですか？」と聞いた。

「ご一緒しましょう。私も食事をしたいので！」

普通なら断るところを、美術館という場所なのか、口調の優しさなのか、なんの警戒もなく受けてしまった。

久しぶりの外食は、毎日昼食を作らなければならない私にとっては、何よりのご馳走だ。食後のコーヒーを楽しみながら、

「お一人暮らしですか？」

と彼は聞いた。

「いいえ、夫がいます。二人暮らしです」

「今日はご一緒じゃないのですか？」

「ええ、一人で来ました。今日は自由に過ごしたいのです」

「男は年を取ると、妻に好かれるか、嫌われるか、差が激しいです」と笑った。

「今日は嫌われた日ですか？」と私が聞くと、にっこり笑って、軽く二回ほど頷いた。

「また、逢いませんか？」

意外な言葉に私は戸惑った。

「それは……逢わぬが花ですよ！　楽しかったです、気分も楽しくなりました」

「美術館だけのお付き合いというのも、楽しいことだと思いますよ。電話番号だけでも教えて下さい、無理強いはしませんから」

私はためらっていた。

「次は、奥様とご一緒に」

「楽しい時間を過ごしたいなと思って、つい口にしてしまい、失礼しました」

彼は軽く頭を下げた。電車に乗り換える駅が同じということで、一緒に駅までバスに乗る。バスは空いていて、二人用の座席に一人ずつ並んで座った。

「本当に久しぶりなんです、美術館に来たのは。遠い昔のことのようで、街もすっかり変わっていました。こういう出逢いもあるものなのですね。食事までご一緒させていただいて、信じられないような一日でした」

男性は絵を見に来たにしては、大きめのショルダーバッグのポケットか

らメモ用紙を取り出して、

「さっきの電話の話ですが、僕のナンバーを書いておきます。名前は……」

「あっ、それはXさんにしておきましょう」

私は彼の言葉をさえぎった。手渡されたメモ用紙を持った手を振り、「さよなら」と言って、「私の名前もXです」と笑って別れた。

＊

子供のいない私には、何事もない日々が重なり、何事もなく月日が流れていく。

〝そういえば、あのXさんは誰かに似ている〟、そんなことを時々思うようになった。

私を知っていて、確認のために声を掛けてきた？　でも思い当たる人がいない。

「あいつ、泣くほど、君のことが好きで好きで。付き合ってやってくれないか」

と、その人の同僚に頼まれたことがあった。それほど好かれて女冥利に尽きるけれど、私は失恋の直後で、暗い闇のどん底を心はさまよい続け、そんな気持ちは全くもてなかった。仕事上の顔見知りというだけで、いつしかその人のことも忘れていた。

Xさんに出逢ってから昔の人のことを思い出したのは、顔でもなく、体付きでもなく、何となく柔らかい雰囲気が優しく優しく私を包んだところが似ていたからだろう。名前も忘れてしまった人の人生が〝幸せであってほしい〟と心から思った。思ったというよりは、祈りにも似た気持ちが不思議だった。

あれから何十年経ったのか。〝もう人生も終わりに近づいてきたな〟と思うこの頃、夫は姑にそっくりな性格に磨きがかかっている。若い頃、老夫婦が支え合うように散歩している姿を見て、〝あんな夫婦になりたい〟と思っていたが、それは夢物語。現実は、今日も戦場《いくさば》なのだ。離れていく離れていく、心の距離が限りなく。

〝ああ、自由になりたい。人生の終わりは自由に〟

私は悪い人間なのだろうか？　人生も終わると思うから、愛する人に届かなかった想いが蘇り、縛り付けていた心を解き放して、今からでも自由に、できなかったことをしてみたくなったのだろうか？

今までとは違った何かが芽生え始め、動き出しそうな、その心を抑え切れず、淋しさだけが空回りする。私の命は、この先何年あるのだろうか？

何も残らない淋しい人生だった。せめて、二人仲良く暮らせたら幸せなのに。家政婦代りか？　私は！

あまりにも自分勝手な夫に頭に来た私は、アパートを探していた。しかし、夫に手術が必要な大きな病が見つかり、入院のための準備に一人駆け回る中で、夫が〝出て行かないで〟と言っているような気がして思い直したが、夫の退院後、体調を悪くしていた私は寝込んでしまった。夫の気遣いは何もなく、私は買い置きをしていたスポーツドリンクとわずかなビスケットで三、四日過ごした後、〝家の建築費用は私も出した。私が出て行くことはない。彼も好きにしたら良い。私も好きに生きていこう〟と、何か心が吹っ切れてしまった。

＊

ある日、何気なくXさんに電話をした。Xさんは出なかったが、回線が生きていることは確かだ。

〝数時間一緒にいただけの、名前も知らない人間のことなど忘れているでしょうね〟と思いながらも〝あれから何年経った？〟と、自分自身に問いかけた。〝死んじゃった？　年だから〟なんて思ったりして。

出ないと気になるもの。〝知らない番号だからかな？〟と思い、〝美術館でお会いしたXです。お元気ですか〟と、メールにした。思った通り返事は来なかった。〝それで良かったのだよ〟と自分に言い聞かせ、〝通じたら、何を言うつもりだったの？〟と、自分のしていることに呆れ返った。

何事もない平凡な日々、それが一番の幸せなのだろうけれど、私は何を求めているのか、自分自身が分からない。


それから二週間ほどした頃、目を疑った。Xさんからの電話だった。私はすごく悪いことをしてしまったような気がして、電話に出るのが怖かった。恐る恐る電話に出た。

「もしもしXです。お久しぶりです」と、私は明るく声を作った。

「覚えていてくれたのですね、ありがとう。お元気でしたか?」

「はい、代わり映えのない日々を過ごしていました。貴男はいかがですか? お変わりありませんか?」

「はい、おかげ様で。メールをいただいたのに、ちょっと都合がつかなくて遅くなってしまいましたが、うれしかったですよ」

Xさんも、明るい感じに答えてくれた。

「気まぐれにメールしてごめんなさい。何か貴男の声が聞きたくて」

「うれしいな。もう二年くらい経っているのでは？　あれから美術館に行きましたか？」

「いいえ、一度も行っていません。何もない田舎で平凡な日々を送っています」

「またお逢いしたいですね。美術館でも、映画でも、観劇でも好きなところで」

「ぜひ、ご一緒させて下さい。Xさんが良ければ」

「私の名前は木村です。貴女のお名前は？」

「それは、今度逢えた時に……」

「約束ですよ、必ずお逢いしましょう」

〝すうっ〟と会話に入っていける、この感覚は何なのだろう？　私と気の合う人なのだろうか？

電話を切ってから、遠い昔に味わったような幸福感に包まれていた。それはまた、罪悪感とも同時進行だった。

一日一日が今までとは違って楽しく感じられ、夫に作る食事も苦痛ではなく、私の心は、正常でないというか、正常になったというか？　子供の頃の、遠足に行く日を待ち焦れるように、日程の決まっていないその日を一人楽しんでいる。

でも、木村さんから電話は来ない。あの約束は人生の句読点、ただの一節のような気がしてきた。それもまたいいのではないのか？　つまらない日々が、一時でも楽しく輝いたのだから。

「もしもし、季節も良くなったので出てきませんか？　花がきれいに咲いていますよ。遠くに行かなくても、街中で楽しくウオーキングができますよ」と、木村さんからのお誘いの電話だった。

すごくうれしくて、「はい！　行きます、行きます！」

と、私は即答した。彼は笑って、

「散ってしまう花もありますが、あわてなくても、次の花が咲いていますよ。この年齢になると、命の花が散ってしまうこともありますけれど」

「木村さんとお話がしたかった。そう思ったら、すごく、すごくお逢いしたくて」

「光栄だなぁ、そんなふうに言ってくれるなんて。お逢いできる日を楽しみにしています」

電話を切ってから心の中に、明かりが灯り始めたような気がした。

＊

ウオーキングだけど、おしゃれがしたい。団体旅行で行くそれとは違う。着て行く服に迷うなんて、いつ以来だろうか。〝何着て行くの？〟と自分に問い、久しぶりにあれこれ思っていても何も決まらない。結局は、おばあさんスタイル。仕方がないか、動きやすい格好で行こう。

♫着て行く服がまだ決まらない、苛立たしさに口唇かんで、私ほんのり涙ぐむ♫だったかな、なんて口遊みながら浮き浮きと出掛ける。

〝さよなら〟と別れた場所で逢うことにしたが、分かるだろうか？　高齢者の二年の経過は変化が激しい。「分からなかったら電話をします」と言ったけれど心配することもなく、木村さんは私を見つけてくれた。

「おやせになりましたか？」と、私は名乗る前に口に出てしまった。

木村さんは、「年だからこれくらいがいいのですよ」と笑った。

「私は西村由美子です。今日を楽しみにして来ました」

「僕の名前は元気の元で〝はじめ〟と読みます」

「美術館でお逢いした日も、穏やかなこんな感じの日だったと記憶しています」

形式的な話をしながら、最寄りまでバスで行く。

「先日偶然通ったのですが、ここを少し入ったところから道路に花が植えてありましてね、その奥に大きな公園があるのですが、貴女のお気に入りの花でも咲いていているといいけれど」

「こちらに、御用でもあったのですか？」

「月に一度用があって来ているのですが、帰りが遅くなりバスの本数の少ない時間になってしまって、遠回りですが、違うバス路線を使って家に帰ることにしました。そうしたら歩道沿いに花が植えてあって、〝きれいだなー、皆楽しそうに歩いているなー〟って見ていました。

〝あっそうだ、ここは市の会館がある所だ。広い庭園もある〟と思い、貴女をお誘いしようと思ったのです」

「心に留め置いて下さって、うれしいです。ありがとうございます」

私はうれしかった。閉じこもりにも似たような日々から、脱出できたような気がする。木村さんの、私に向けてくれる笑顔に、心が明るくなって行くような気がした。結婚してから、こんな感じのお付き合いは一度も無い。何か不思議な感じさえした。

「子供の頃、母が花好きだったこともあって、庭にいっぱい花が咲いていました。バラが好きでお金持ちでもないのに、結構高いものや田舎では見られないような花を育てていました。男の人でも、特別に〝この花が好き〟ってことありますよね？」

「そうですね。貴女と一緒で、子供の頃に庭に咲いていた花を見て、懐かしくいろいろ思い出すこともあります。楽しいことばかりではなく悲しかったことも。七〇年も生きているといろいろと」

木村さんの方が年上だと思い込んでいた私は、

「ええ！　私の方がお姉さんだ！」と言うと、

「そうなんですか？　若く見えますよ、僕より年下と思っていました」

「私はいくつになっても、〝ホワッとしていて、つかみどころがない〟と言われます。私って、そんな感じですか？」

「ミステリアスな感じもいいじゃないですか。僕は拒否されていると思っていましたよ」

「表現が下手とか、ピントがずれているとか言われて。自分でもそうだなと思いました」

「いろいろあります、人生なんて。自分が思ってもいない方向に行ってしまい、〝あっ〟と思った時にはもう手遅れ、自分ではどうにもならなくて」

彼は下を向いて、「楽しく人生を送る人も多くいるのに……」と、私の顔を見た。

この人も、いろいろな事情を抱えながら頑張って生きてきたのだろう。

「木村さんは現役の頃、どんなご職業でしたか？」

「なぜそんなことを？」

「何か柔らかい感じがして、話しやすくて、私のように話があっちこっちいかないで、しっかりしているでしょ！〝24時間戦えますか？〟の時代じゃないですか、私たちの若い頃は」

「そうですね、入社した頃は営業もしました。管理職も。上を目差して頑張りました、家族のために。でもそれが何だったのでしょう？　今はただの老人です」

「そうですね、良いことも悪いことも過去になりました。それでもまだ苦しむのですね人間って。楽しいこともいっぱいあったはずなのに」

「そうですよ。たくさん泣いたり笑ったり、幸せだと思ったことも少なくないはずです。ここで咲いている花のように、一生懸命に生きてきました」

花の一つ一つがいじらしく思えてくる。そしていろいろなことが思い出されて涙が出てきた。

「貴女が、由美子さんが言うように、先が短いのだから今を楽しく生きましょう。この先は楽しく生きた者勝ちです！」

「そうですね」と言って私は黙ってしまった。

「腕を組んでもいいですか？」と私は勇気を出して聞いた。

「どうぞ」と木村さんは言って、二人して歩いた。

私は何をしているのだろう。言葉を忘れたかのように黙ったまま、ずっと彼の腕を離さず歩いていた。

花々が〝私を見て見て〟と言わんばかりに咲き誇っている。

「本当にきれい。一番いい季節ですね。誘って下さってありがとう。幸せな気持ちです、今」

「僕も久しぶりに、ゆったりとした気持ちで散歩を楽しんでいますよ。つい先ほどまで名前も知らなかった人と腕を組んで」と笑った。

木村さんの乗りが良さそうで、私も調子に乗ってしまった。

「何か最近、人に飢えているような気がするのです、私は」

「なぜ？」

「なぜでしょう、分かりません！　若い時に年寄りが〝淋しい〟と言うと〝また始まった〟と思ったものでしたが、私もその域に入ったのでしょうか？　自分ながら笑ってしまいますね」

「恋愛ごっこしてみましょうか二人で。面白いかも？」

「面白いかも知れないけれど、お互いパートナーに悪いような気がします、ごっこでも」

〝自分から電話しておいて、何なの私は〟と、思った。

「由美子さん、意外と臆病ですね」

「臆病すぎて、隠し事の一つや二つあってもいいのに、それもない」

「これから隠し事に発展させましょう」

「止めておきます。私、すぐ態度に出てしまうので」

「せっかくできたお友達をなくすのも嫌だから、このくらいにしておきましょう。あの店で、休憩を兼ねて食事でもしますか？」

公園内の休憩所に入ると、私たちくらいの高齢カップルが思ったより多くいた。

「平日だから高齢者が多いのでしょうか？」

「年寄りは暇ですから、こういうところでゆっくり一日を過ごしているのでしょう、我々みたいに。足腰にも良くて、目の保養にもなって一日楽しく過ごせます。ところで、ここを出てどうします？　街ブラでもしますか？」

「久しぶりにいいですね。ウオーキングシューズの私でも構わないのなら」

「上等です。ウインドーショッピングでも楽しみましょうか？」


昔からある商店街まで出向いた。アーケード通りが幾つもあって、様々な店でにぎわっていた。

「ここって以前テレビで時々紹介されていたのに、最近していませんね」

「そうなんですか？　何か気になった店でもありましたか？」

「別にありません。学生時代に来たことがあって〝随分変わったなー〟って思って見ていました」

「由美子さん、ここのお寺で健康を祈願しましょう」

「私ね、このお寺に来るの初めてです。友達の買い物に付き合って、商店街には二、三回は来てると思うけど」

「若い時はそういうものですよ、寺には興味もなくて。今では御朱印集めをしたりして」

「そうなんです！」と言って二人で笑った。

「人間の命って何なのでしょう？　この二年ほどの間に多くの人と別れました。以前は悲しいだけだったのが、今では自然のことで、命には終わりがあると妙に納得する自分がいて。〝私も七十一歳か、私の人生はいつ終わるのだろう〟と思うことがあります」

「百歳になっても、まだ生きているかも知れませんよ。笑って元気に過ごしましょう」

二人で振り返り、もう一度、本堂に向かって手を合わせた。私は、〝死ぬまでは、自分のことは自分でできますように〟と願って。

木村さんは保護者のように、

「貴女はもう帰らなくてはいけません。僕と貴女の姿がショーウインドーに映っている。二人とも優しい目をしています。また逢いましょう、約束ですよ」

と言った。

誰が見ても老人の二人だけど、幼馴染みの男友達に偶然出逢ったような感じにも似て、なんのためらいもなく恋人気分で腕を組んで、朝、待ち合わせた場所まで行った。他愛ない話に笑いながら一日が終わってしまった。

＊

何も変わらない日々が流れていく。

この年になると、病院に行く日、サークルに行く日という予定が主だ。そこに電話の日が加わった。

何でもないような話にも気が紛れ、日々の活力になっているのは事実だった。そうして一年が経つ頃には、三ヶ月に一度逢って、二人で話すことが楽しみになっていた。

木村さんは、奥さんとは随分前に別れて、娘夫婦とは別に暮らし、自由に一人暮らしをしていることを話してくれた。

「時々娘が様子を見に来てくれるので、いろいろ助かります」と、木村さんは言っていた。


ある日、ピカソの絵を見に行った。

「私ね、ピカソというだけで、何が良いのか悪いのか分からないんですけど」

と私が言ったら、木村さんは、

「感覚で見たらいいじゃないですか？　絵なんてそんなものでしょ？」

と言って笑った。

「訳が分からないのに、表情を何となく感じたり、色彩も感じたり、結局は分かりませんでーす」

「それでいいじゃないですか。絵は押し付けられるものでなく感じるもの。貴女は何かを感じたのでしょ？」

「そう、その感じたものがよく分からない。残念なことに」

「絵の表情を感じているって、ピカソは喜んでいますよ！」

「そうかしらん？」

「〝分かるまで見に来なさい〟って言っていますよ」

「これでいいのでしょうかね」

「いいんですよ」

こんなことを夫に言ったら、「うるさい！」って叱られるだろうけど、〝木村さんはいいなー。怒らないから〟と思って、思わず顔がほころぶ。

そんな私の顔を見た木村さんが尋ねた。

「何か？」

「いいえ、何も。楽しいなって思って」

「何か企んでいる？」

「そんな器量ありません。今が楽しいだけです」

私は帰らなければならない時間になった。

「時間が来たので帰ります、私、シンデレラなので」と言ったら、木村さんは笑いながら、「年を重ねたシンデレラ。変身する前に、気を付けてお帰り下さい。駅までお送りします」と言って、笑いが止まらない様子だった。

＊

何事もなく月日は流れていく
木村さんは、「ちょっと一ヶ月ほど用があって出掛けます。電話できないと思いますので、伝えておきます」と連絡してきた。

それから二ヶ月経つのに電話は来ない。何かすごく淋しい気持ち。あの人の存在は私の中で、大きなものになってしまったのか？

ようやく木村さんから電話が入った時、私は、「どうかしたの？　何かあったの？　私のことを忘れるほど楽しいことでもしていた？」と聞いてしまった。

「心配してくれていた？　何もありませんよ、浮気していたかな。冗談冗談、ちょっと足がね。長時間外出するのはきついな〜。僕の家でもＯＫなら逢いたい。駅まで迎えに行くから来て！」

「貴男の家に？」

「何もしませんよ！」

「何もしないなんて、つまらない人ねー。貴男の家の近くに喫茶店でもないの？」

「ないこともないけど、近所の目もあるし」

「それは貴男も困るわけね？　顔を見て、元気かどうか確かめたいから行くわ！　でもね、〝友達だ〟って言えばいいのよ、近所の人に聞かれたら。友達なんだから」

「はい！　その時に決めましょう」


彼の家に行くことが前提かのように、私は昼食のお寿司やお菓子を持って、いつも待ち合わせをする駅の同じ場所で彼を待っていた。目に入ったのは、杖をついて歩く木村さんの姿だった。

「随分悪そうね、どうしたの？　転んだ？」

「転んだのではないけれど、ちょっとね。僕の家までは電車ではなくてバスなんだ。タクシーで行こうか？」

　木村さんは私と違う私鉄を利用していると思っていたが、私のために、いつも鉄道のターミナルに近い所を待ち合わせ場所にしていてくれたことを、その時知った。

　着いたところは街中ではあるけれど、古い住宅地だった。

「初めて買った家でね。その時は大変だったけど、若くして持てた家だったから、ちょっと自慢の家だった。この立地で良い買い物だったってことかな。ここは都市開発で、立ち退きとか、大型マンションを造るから一戸割り当てるとか言っているけど、どうなるのかな？　この家ですよ。いろいろな思い出の詰まった家、どうぞお入り下さい」

　何か殺風景な感じ。

「娘が来ては、いろいろ不用な物は処分しています。この家は、いずれ孫が使って、僕は娘のところに行くことになると思います」

「お嬢さんのところなら心強くて安心ですね」

木村さんはすごく淋しそうに見えた。私はそれがどうしてなのか分からなかった。

「お茶をいれますね。と言っても、ティーバックだけど」

と木村さんが立ち上がった時、よろけて私の頬に彼の口が当たった。

「痛い！」髭が痛かった。

「ごめんね、わざとじゃないから許して下さい」

と私の頬を撫でながら、「体調悪くても髭はのびてね」と私を見た。

「どこが悪いの？」

「ちょっとしたこと、年だから長引いているだけ。そのうち元気になれるさ」と笑った。

「お父さん、若い時にお母さんとこの映画見に行ったんだってね」と娘さんが持って来たという『ローマの休日』のＤＶＤがセットされていた。夫との分かり合えない心、元さんの話してくれない病気、奥さんとの幸せであったであろうと思う過去、私と元さんの出会い、見えない深い溝が、王女と新聞記者とのストーリーとは違っていても越えられない心の叫びのように、ＤＶＤを見ながら、私は今まで感じたことのない大きな壁に閉じ込められているような気がした。彼に寄り添い、その温もりが刹那に感じられた。

「私バスで一人で帰れます。また来てもいい？」

「来てくれる？　待ってる」

「玄関でいいから」と言って、私は何か言いたげな彼を抱いた。頼りなく淋しそうに見つめる彼をもう一度しっかり抱きしめて、軽いキスをした。

「元気になってね。また恋愛ごっこの続きをしようね」

初めて乗ったバス路線なのに、なぜか遠い記憶の中にあるような。

＊

二週間ほどして私が、「家に行っていい？」と聞くと、元気そうな声で「今週はダメだけど、来週はいつでも大丈夫」との返事。

どのくらい元気になっているのか？

〝元気になっていてね〟と、彼の家に着くまで、その気持ちでいっぱいだった。インターホンを押すと、「ハーイ、入って下さい！」と木村さんの明るい声。でも、杖は手放せないようだった。

「元気そうで良かったわ。顔色もちょっと良くなった？」

「少し動きが楽になったから、気も紛れるようになった。いつ来てくれるかなって待っていました。首が長くなっているでしょ」と言って、木村さんは私をじっと見つめた。

「本当、キリンさんね。待っててくれた？」

「そう、顔が見たかった」

「何も教えてくれないから……。ケーキ食べてもいいの？　ボトルだけどコーヒーも持ってきた」

「はい。何の制限もないです」

結局、彼は病気のことは何も言わなかった。


昼近くになったので、外に食事に行く。

「初めて逢った日に、一緒に食事をしたね」

「一緒に食事なんて考えられないけれど、私もお腹が空いていた」

「僕も貴女も名前はXさんだった。付き合う気はなさそうに見えたけれど、強引に電話番号を渡した。電話は来なかった」

「淋しい日々を送っていた私はメールをした。私のことを覚えていてくれて、とてもうれしかった」

「本当に？　冷やかし半分だと思っていました」

「何か新しい世界が欲しかったのかな？　木村さんも紳士で楽しい。ずっと続いてほしい。元気になって！」

「元気になって僕もゲームを続けたい。見て見て。あそこの窓に二人が映ってる」

「貴男って、それ好きね？」

「楽しく生きているって感じするでしょ？　二人して笑っているよ」

「本当、何の障りもないような。幸福そうに笑っているね」

今までのことを思い出しながら、レストランから彼の家に戻る。

「おいしかったね、また一緒に食事したいな」

「元気になって。今度はここに行きますよーって、いろいろなところに誘ってね。私、喜んで行くから」

「ねえ、ダンスしない？」

「その足で？」

「はっきり言って、チークダンスがしたいの」

「嫌よ！」

「僕を抱いてくれたでしょ。ちょっとだけど元気が戻ってきた。もっと元気になりたい、お姉様」と、おどけて言った。

ダンスはすぐ終わってしまったが、木村さんはぴったりと体をつけてくる。

「何か心配なことでもあるの？」

「そうでもないけど、また逢えるのかな？　って思って」

「逢えるでしょ、元気なら」

「貴女を困らすほど元気になります。必ず元気に」

他愛ない話をしているうちに、夕方になった。

木村さんは、「帰る時間ですよ」と言って、「バス停まで、送る」と言って聞かなかった。

「じゃあ送って下さる？」

「ねえ、抱きしめて！　元気になれそうな気がするから」

「ダメダメ、元気だからそんなことしなくていいの！」と手を振ると、彼は黙ってしっかり抱きしめてきて、キスをした。

「今度来てくれた時は、何を要求しようかな?」と私を見つめながら「元気になれるおまじないのような気がして」とポツリと言った。

〝愛しているでなく、おまじないか〟と思いながら、ゆっくりバス停まで行く。

「気を付けて家まで帰ってよ!」

「大丈夫、この近くまで食べ物を買いに来たりしてるよ。心配しすぎです」

バスが来た。二人じっと見つめ合って、「じゃあまたね」と別れた。

席に着いて、ふと後ろを見ると、渋滞でノロノロしているこのバスを、木村さんはずっと見送っていてくれた。

＊

電話もメールも何の反応もない日々が続いた。

〝別れる時には、さよならぐらい言いなさいよ〟と思いながら、「生きていますか？　ゲームセットなら、さよならの一言を乞う」と送信。

数日後、「病院にいます。大きな手術だったので、電話に出られません。

木村の娘」とメールが来た。

「お嬢さんとお話がしたい」とメールをしたが、連絡はなかった。

木村さんは体の具合が本当に悪そうで、何か重い感じはしていたけれど、何を聞いても教えてくれなかった……。何を隠していたの？　私には知る権利も無いけれど、なぜ手術することくらい教えてくれなかったの？　私は友達より下のランク？　あの日、バスをずっと見送ってくれていたのは〝さよなら〟だったから、電話もメールも返事が無いのだと思っていたよ。私の心の中は何か煮え切らない感じ。

しばらくして、木村さんからやっと待っていた電話が来た。

「病気のことは何も言いたくなかった。不安で口に出すと、逃げ出すのじゃないかと思うほど弱気になっていた。苦しかったけど、先生からも〝いい具合いですよ〟と言ってもらえたし、退院したら一度家に来てほしい。顔が見たいな。電話をしますから来て下さいね」と弱気が見え見え。

「手術後も順調なら良かったね。家じゃなくて病院へ行こうか？」と言うと、私が行ってはいろいろ都合の悪いことでもあるのか、

「病院じゃなくて、家に帰ってからいろいろ話したい」

と断られてしまった。

＊

しっかりと、私は彼を抱きしめていた。

「元気になって良かったね。でも油断しないで気を付けてよ」

黙って彼は身を任せて、「もう少し生きていたいと思うようになって、以前から手術は勧められていたけど、ずっと迷っていた。手術方法も変わってきて良いデータも多くなり、〝最新の手術は心配するような手術ではありませんよ〟って医者に言われたけれど、でも怖かった」

木村さんは、子供のように私の顔を見た。

「誰でも手術は怖いわよ。頑張ったね」

「よしよし」とちゃかすように頭を撫でると、うれしそうに、

「甘えられる人がいて幸せ。子供たちにこんな弱いところは見せたくない。分かるでしょ！」

と私の顔をのぞき込んだ。

「あとは体力の回復ね。どこへ引っ張り回すか？」と言って彼を見ると、

「お手やわらかにね」と、おとなしい。

「元気出して、またリードしてよ」

彼は力なく笑みを浮かべ、私の動きをじっと見ていたが、「ここに来て！　何もしなくていいから、ここに来て！」と甘えるように呼んだ。

独居老人ということもあって、週に一日、ホームヘルパーさんに来てもらえると言う。今のところは、順調に回復に向かっている。

「一人でいると一日が長くて。以前行った店で昼食しない？　一人で食べるのも飽きてしまった」

私は彼の腰に手を回し、無事元気になることを願いながらゆっくり歩いていて、ふと思った。大体の夫婦は女性が年下で寿命も長い。夫の最後の日々を見守る毎日は、愛情がなければ続けられないことなんだろうな。夫への憎しみも恨みも、全てを流すことが私にできるのだろうか?、と。

彼はそっと腰に当てた私の手に手を添えた。一人というのは淋しいことなんだろう。何のかんのと言っても、人は一人で生きられないのか? ただ、淋しかっただけの二人が偶然出逢っただけなのか?

＊

彼の家へ行こうと思っていても、何のかのと用事ができて行くことができないでいた。

久しぶりの彼は、随分元気になっていた。

「元気そうで良かった！」

彼は笑顔で迎えてくれたが、じっと見つめながら不満そうな顔をして
「来てくれないんだもの」と言った。

「何か子供になったみたいね。いろいろ都合があるのよ。私は貴男のママじゃない」

「じゃあ、愛人になる？」

「しっかりしてよ、どうしたの？」

「淋しい、すごく淋しい」

「経過は悪くないのでしょ。心が疲れてしまったのかな？　おかしなこと言っていると、〝頭の検査をしましょう〟と言われるわよ」

「貴女だったら分かってもらえると思ったけど駄目か。何か不安で、一人

でいると落ち着かなくて」と、じっと私を見つめた。

「もう大丈夫よ。手術も済んで、経過も良くて、だんだん気持ちも落ち着いてきて、元に戻るよ。何でも言って、心が楽になるのなら」

「時々、不安な気持ちになって、一人がすごく辛く感じたりする」

「手術とかいろいろ心の中にあったものが、自由に外に出てきて、心が貴男自身を振り回しているのよ。〝日にち薬〟で治っていくわ。一人だから心細かった？」

「うん、用もないのに近所を歩いていた。気を紛らわせようと思って。貴女の家が近くなら貴女の立場も考えず嫌われるほど貴女の家に行ったかも知れない」

「一人だから、頭の中が淋しさだけでいっぱいになってしまった？　大丈夫よ、元さんは強い！　ほら見て、窓ガラスに映っている私たち、元気でしょ？　明日はもっと元気になれるよ！」

私は元さんの一人だけの時間の長さを思いやっていた。

淋しさが二倍にも三倍にもなって、彼を苦しめているのではないのかと。

なぜか部屋の中でポツリと一人でテレビを見ている姿を想像してしまう。


気になったので、私は、次は二週間とあけずに出向いた。

元気に、にっこり笑って「来てくれてありがとう、上がって！」。

「いい感じじゃない！　良かったね」

元さんがハグのポーズを取るので、私はついつい合わせてしまった。彼にすごい力で抱きしめられ、

「ちょっと！　ちょっと！　待って！　苦しい！」と私は、思わず声が出てしまった。

年寄りでも、男は男かと思い知らされた。持って行ったお寿司を食べながら、

「今日は早く帰るわ。元気な顔が見られたから安心した。ちょっと心配していた」

「もう少しいて、せっかく来てくれたのだから」

しばらくするとヘルパーさんが来た。

「今日はそういう日だったの？」

「別口でね。まずは二ヶ月お願いした。娘に言われて」

「貴男、お嬢さんから見てもおかしかったのよ、きっと！」

「僕、貴女にもおかしなこと言った？」

「何も言わないよ！」

「良かった。もし何か言っていたら許して」

「弱っていたから、ちょっと甘えたい気持ちがあったんじゃない？　元さん、可愛いかったよ、おじいちゃんなりに」

「何したの？」

「何もしていない、今日来た時にしたことの方が問題」

ヘルパーさんは、ちらっと私を見て彼に話しながら、ノートをテーブルに置いて仕事にかかった。

「また来るから送らなくていいよ。今日来て良かったわ」と私は帰路についた。

＊

どうしてこうなってしまったのだろう。あの家の洗面所の戸棚に、今の私達の付き合いでは必要ではない物が置いてあった。もう三〇年以上セックスレスの私は知らなくて、何度もこの家に来るようになってから、〝これは何？〟と手に取った。

パートに行っていた頃のこと、朗らかな先輩と、いつも昼食時間が一緒だった。

下ネタが結構好きな人で、ゼリーの話をするのだけれど、お菓子のゼリーしか知らなかった私は、話が分からなくて〝なぜ、ここでゼリーなの〟とでも言ったのだろうか？

「年を取ると使う物、かまととぶってるんじゃないよ！　貴女も、そのうち、使う年になるのよ」と、言った。周りが、クスクスと、私の顔を見て笑っていた。しばらくの間、先輩は、私のことをゼリーちゃんと呼んで喜んでいた。

その時話していた物を、私は見たこともなかったし、そういう物を使う以前に、セックスレスになった。これはそういう物なのだろう、説明書の内容がそんな感じ。

〝ああ、さよならを言う時が来てしまった〟

これを使う相手は、何歳ぐらいの人だろう？　でも二十歳違っても五十歳か？　使うかな？　その人のための物？　前からあったような気もするけど、男は優しそうに見えて、皆こんなものか？

私は、こんなに淋しい気持ちになるとは、自分自身でも信じられなかった。元さんの心が、他の人に向いたとしても、私が何か言える立場ではない。心にゆとりができて日々人と交わる中で、元さんに彼女ができたことを喜んであげるべきなのだろう。楽しい日々だったことだけはきちんと伝えたい。

彼から電話が来て、以前のように駅で落ち合うことにした。

「ここで待ち合わせるの、久しぶりだね」と私は言った。

「Xさんだった時から何年経ったかな？」

ゆっくり話がしたくて、落ち着いた雰囲気の喫茶店に入った。

「いろいろあったね。病気も、心配しなくてもいい状態みたいでうれしいわ。何だか私最近疲れてしまって、恋愛ごっこは終わりにしたいの」

「なぜ？　僕は続けたい。家に来てくれていたから疲れた？」

「貴男はもう少し近くの若いお友達を作って散歩感覚で、身近に逢える機会が多い方がいいと思うよ」

「どうして？」

「近くだったら、逢うことが運動にもなるでしょう。貴男はフリーでも私には夫がいる。純粋に友達だと思って楽しくお付き合いしてきたけれど、何だか心が壊れそう」

彼は何か言いたそうだったが、言葉を呑み込んだように見えた。そして、頷いて、

「僕の手術で貴女を疲れさせてしまったのかな？　いろいろありがとう。でも、一つだけ聞いて。二人で旅行に行きたい。一泊でいい、都合をつけて」

「旅行には行けないわ！　無理よ！」

「お友達と行くと言えばいいでしょ？〝お友達と行ってきます〟って。楽しい思い出を作って別れたい。手配ができたら連絡する。貴女が来なかったら一人で行く。来て！」

＊

私は教えられた時間に、彼から離れた場所にいた。同じ時間に反対の方向に一人旅に出て、楽しかった日々にきちんと区切りを付けて、前を向いて歩いていきたいと、心に決めていた。

彼と一緒に乗るはずだった列車の発車時間近くになり、心の中で〝さようなら〟と言った。まずは京都にでも行こうか。降りてから行き先を決めようと乗車券売場に向かっていた。

「ホームは向こうですよ、時間まで間違えるなんて！」

と、背後から現れた彼は私の手を引っ張って、何でもないように、

「次は四〇分後かな？　ホームに入った方が椅子があると思うから」

と、乗車券を買うとさっさと改札を通った。

私を捜していたのだろうか？〝男は冷たく離れて行ってしまう〟、そう思っていた私は、迷子になった私を見付けてもらったような安堵を感じ、なぜか目が潤んだ。しっかりと握った彼の手は、優しく、力強く、温かかった。

乗車して、並んで座った。

「夫婦に見えるね」と、元さんが言った。

「なぜ？」と、聞くと「夫婦は喋らないから」と、言って笑った。

そしてこう言った。

「恋人ですか？　夫婦ですか？　姉弟《きょうだい》ですか？　ただの友達ですか？

僕は恋人がいい。優しい姉さんじゃなくて、恋人が欲しい」

私の目を、じっと見てから「ハイどうぞ！」と、缶コーヒーを出した。

本気なのか、何なのか分からないところで、私は振り回されているのか？　私自身も、面白がっているのか？　何の意志もなく、流されている自分を感じていた。

一時間近くは列車に乗っていただろうか。着いたのは、山の中の開かれた温泉街の、ちょっとはずれた場所の落ち着いた旅館だった。

「木村様ご夫妻、二名様ですね」

〝夫婦で予約したのか〟

「星の見える部屋と承っております。今夜は晴れて、きれいな星空をご覧になれますよ。ごゆっくりなさって下さい」

二人で近くを散歩した。いつものように腕を組んで、歩いた。

〝この腕を離したくない。元さんとの会話は時間を忘れるほど楽しい。私はこの人が本当に好きなのだろう。そうでなかったら今まで続かなかった

し、ここにも絶対来なかっただろう。ふっ切れない自分自身が情けないけれど、いつか必ず、別れの日が来るのに……〃

散歩から帰ってくると、「お風呂は温泉です。今ならすいています。入浴されてはいかがですか？」と仲居に声を掛けられた。久しぶりの温泉は広くて気持ち良かった。

元さんは、「ここの温泉、いい湯でしょ？　退院後いろいろありがとうね。本当に力になった。元気になれたよ。僕のお腹見て。何回切ったと思う？」と、お腹を出して見せた。

「由美子さん、急に〃終わりにしたい〃なんて言い出した原因は、これでしょ！　何か誤解していない？」と例の物を出した。

「使ったことは使ったけど！　どんなものかと思って体験しました。練習済みです！」

と、さらりと言った。あまりにも普通に言うので言葉も出ない私の顔をのぞき込んで、彼は言った。「困った顔をしないで！」。

そのまま私と元さんは、部屋を暗くして星を見ていた。

「子供の頃はこのくらいきれいに星が見えていた。近所のおばさんが二、三人くらいで、盆踊りに舞台で踊る踊りを子供たちに教えてくれた。懐かしいなぁー」

私の肩を抱きながら、元さんは聞く。

「舞台で踊ったの？」

「櫓に上がって地区ごとに踊ったの。人々の関係が密な時代だったのか、悪いことや危険なことをしていると、近所の人でも子供たちに注意をしたし、本気になって叱ってくれたわ。お化粧してもらって〝はい！　お嫁さんの出来上がり〟ってね。口紅を付けてもらう時、皆口を尖らせて待っているの。思い出すと笑えてしまう」

「どんなふうに？」

「こんなふうに……待って！」顔を近づける彼に「その手には乗らない」と言うと、

「ねえ、使ってみる？　これ！」と私に見せた。

「そんな気はないの！」

「でも、自然の成り行きだと思わない？　貴女への思いが、愛に変わったとしても。手術前の心細かった時や、手術後も気を使ってくれて嬉しかった。手術後、意識がまだ戻っていない時、〝由美子さーん、助けに来て〟って言ったんだって。だから娘が迷った末に、貴女にメールをした」

「頼りにしていてくれた？　何もできないと分かっていても、それなりにうれしい」

「ずっと心の中で、元気になって〝また由美子さんと遊びに行こう〟と自分に言っていたよ。貴女は僕の女神様だったんだよ！」

私はじっと彼を見つめた。〝この女たらしめが〟と半分思いながら。

彼の手は私の体をさわりまくり、くすぐったがりの私は「ワハハ」と笑い出した。

彼も私に合わせたのか、二人で「ワハハ、ワハハ」と、じゃれ合いになった。

「駄目だよ、覚悟しなさい。僕が負けるわけがない。大丈夫、ちょっとだけ。こういうものだと教えてあげる。別れることになるのならなおさら、ご主人の元に戻れる何かを見つけてほしい」と耳元で言った。

「違う違う、そんなことじゃない。私は妻ではなくて家政婦さん。夫の食事や身の回り、地域のことや西村家に対しても、私なりに努力してきたつもり。でも、今まで、ねぎらいの言葉一つ聞いたこともない。望んだ結婚ではなかったけれど、私だって結婚する以上はこの人と幸せな家庭を作ろうと願っていた。でも、愛とか、思いやりという言葉を知らない人なの、彼は。私なりに努力したつもりだったけど、人生の終わりが見えてきた今、心の中は自由になりたいだけ」

「男なんて大体は、仕事に疲れて帰ってきて〝どてっ〟としてビール飲んでいるだけだよ」

「お帰りなさい、お疲れ様って声を掛けるでしょ。普通の人なら〝ただいま〟くらい言うでしょ？　夫は何も言わない。愚痴も言わないから助かるけれど、一言も言わないって想像できる？」

「貴女も子供がいなくたって、お友達との楽しい出来事や、自分の夢とか何か始めたいこと、いろいろ面白かったその日のことを話せばいいのに」

「何も話さない。テレビで野球を見ていた時、今だったら話してもいいかな？　って思って話しかけたら、〝うるさい〟って叱られた。そんなことが何回もあって話さなくなった」

「僕も妻と別れた人間だから何も言えないよ。女房や子供のためにという気持ちもあるけれど、自分自身のプライドもあって地位も上がっていく。頑張れるうちはいいけれど、自分の限界を感じて迷路に入る。あの頃は海外でも単身赴任だったし、日本に戻ってからも帰りは遅い。飲んだくれて、隣でイライラしている人間見ているのが、妻は嫌になったんだろう。素晴らしい人を見つけて出て行った。ちょっとの間、腑抜けだった。人並みに悲しかったよ。悔しかったのかな？　自分自身も嫌になって最悪。子供たちにも辛い思いをさせて本当に悪かったと思っている。悪い方に回り出すと全て悪くなってしまう気がした、あの頃は」

「寄り添えなくなった時、どうしたらいいの？」

「答えられるのなら、僕も今の淋しい生活をしていない」

「貴男も何かを隠している。私も夫に言われた、口にもしたくない一言がある」

「全て終わってしまった。辛かった出来事、誰でも口を閉じていたいことはあるでしょ？　この年だから、今まで貴女との出逢いを大切にしたいと思っていた。年を取っていても男と女。愛したら貴女の全てに触れてみたくなることは、自然の成り行きでしょ？」

私は彼の腕の中で冷静だった。そして夫にしたことは、そんなに悪いことだったのか？　夫にしたことと同じことをあえてした。

「何？」

〝ふふっ〟と笑って、彼は言った。

「別れるなんて取り消してくれる？　やっぱり相性が合う感じ。何かいいね、ね？」

私は〝侮辱して怒るようなことでは無いでしょ？〟と確信した。夫は人を見下すような言葉しか言わない。人格を無視する言葉に〝二度とするか〟と思った。頑固な私は今に至っている。

「そう？　多くの女を抱いてきた感じがするわ」

「元妻と貴女だけ」

「そういうことにしておきましょう。練習したのでしょ？」

「そんなことは言わないで。貴女に嫌われないように予習をしただけ」

「こんな会話、今まで、したことない」

「自由に飛び込んで来て、何でも受け入れるよ。今の僕の大切な人」

優しく、優しく温かい肌が私の体を包み込み、抵抗する気力も失わせ、優しく這う手が、心も体も溶けさせて、彼に吸い込まれて正体を失った私は、初めて浮遊している。大胆に、思いのままに、決して知られてはいけない二人の秘密の世界で。

私は、横になって星を見ている彼に言った。

「元！　私の体を洗いなさい、貴男の臭いが残らないように、もっと、もっと丁寧に」

＊

寒くなったので、スパに行くようになった。通り道に、私達の年齢に合うような洋品店が、二、三軒あった。温泉に来た老人が、のぞいていくのだろうか？

「元さん、買ってあげようか？　私、ああいう感じのシャツ好きだわ、どう？」

「どれ？　あの感じも嫌いじゃないけど、その隣にパジャマがあるでしょ、その隣にね！　素敵なのがある。あれ買って、家に持って帰る。由美子さんあれを着て、きっと似合うと思うよ」

彼は、ニコニコ顔で私を見た。

「貴男、あんなのが好きなの？　私、恥ずかしくて着られないわ！」

透け透けの可愛いフリルまで付いたピンクのパジャマを手に取って、

「似合うと思うよ、素敵だよ！」

と、買って帰る気満々の彼に笑って言った。

「何歳だと思っているの、想像するだけで御免だわ。それに私肌弱いから、かぶれそう」

「あれを着た貴女を見てみたい！」

「見てみたい？」

「違うよ！　抱いてみたい。いいでしょ買って！　着ている時間なんて
ちょっとだけだよ、かぶれないよ！」

「フーン、あれは甘々だから、ムチは付いていないね！」

「由美子さん言うよね。ムチで打ちまくられる僕、どうしたらいい？」

「私の前で跪く？」

二人で言いたい放題、笑い放題。でも購入したおとなしいシンプルな物を、彼は大切な物を手に入れたかのようにバッグの中に入れて私に笑顔を見せた。

温泉の会場でダンスをしていた。あんなことを言うから、年がいもなく、ぴったりとくっついていると、若いカップルが冷やかしに来た。

「熱々ですね、仲良しですね！」

「家の中じゃないから、仲良しよ」

と、私が言うと、

「先輩、素敵です」

と、カップルの青年がウィンクした。

私は元の両手を腰に回させて、胸に頬を当てて、青年にウィンクを返した。

「お二人で良い一日を楽しんでね」

「貴男たちも、幸せな日々をね」と、私が言うと、青年は笑顔を見せて、

「結婚するのだけれど、無理もしたくないし、でも、一生に一度のことだ

から、いろいろ迷っている最中です」と言った。

「幸せになる夢を見ていると、夢は叶うと言うでしょ！　おめでとう、いつまでも仲良くね」

「どんなに考えていたって、思っていることと違うことだらけだから、覚悟しなさいよ！」と元が言った。

「元さん、夢が壊れるようなこと言わないで！　女はいつでも、楽しい未来の夢を見ているのよ！　つまらないこと言わないで！」

「何か怒っている？」

「幸せそうに二人で遊びに来ているのに。結婚してからのことを想像して、不倫とも知らずに声掛けたのだと思うよ」

「でも、それが現実だよ、僕たちの関係だって、由美子さんは僕がお願いしても、さっさと帰ってしまう。そうでしょ？」

「あの人達は婚約していて、幸せな日々なのよ。後から思い出しても〝楽しかったな〟って、言える日の一つよ！」

「由美子さんむきにならないで、なぜそんなに強く言うの！」

「女は、楽しかった思い出を、何かの拍子にふと思い出したりするものよ。女はいつまでも、愛した人とのその思い出を心のどこかに残してる」

「そんなこと忘れて。由美子さんの心の中には誰かいる。ご主人ではない誰かが、そんな人のことなど忘れて！」

「いないよ、譬えを言っただけ」

「どんな人だろう、気になるなぁ。どうして別れてしまったの？　その人と」

「私がボーっとしていたから、他の人に取られてしまった。素敵な人だったから」

私は、〝嘘、嘘〟と言うように、笑って手を振った。

「その人残念だったね。結構由美子さんって、面白い感じがして、何かあっても笑い飛ばしそうだけど」

「私だって、若い頃はおとなしい、何も言えない子だったのよ。人は変わるわ。大変身してしまったけれどね。心だけでなく、顔も体もね」

「でも、今の貴女しか知らないから、今の貴女に、僕は救われました。若い時から積極的な人だったのかと思っていましたよ」

「違うわよ、何も言えないおとなしい子だった。だから彼も、つまらなくなってしまったのかな？」

「でも覚えているんだね、何十年も前のこと」

「初めて結婚を考えた人だもの。でも、あの人につり合うだけの魅力が無かったのね、私は」

「由美子さん考えすぎだよ、重いよ！」

「だから嫌われてしまったか？」

「きっと素敵な人だったと思うよ、由美子さんが好きになった人だもの」

「今の女性は強いと思うよ、しっかりしている。私たちの頃は、家庭に入るっていう時代だもの。貴男の奥さんだって、専業主婦していたのでしょ？」

「まあ、そうだけどね」

「パートに行って、自分の小遣いくらいは稼いでいたけれど、男が主の世代だもの。成功している人は、身近にいる人が何もしていないように見えても、それなりにサポートしている。」

「由美子さん、僕の心もサポートしてくれる？」

「できないよ、人妻だからね」

「そんな冷たいこと言わないで。分かって、温かい心で、僕を包んで幸せにして」と、大げさに両手を広げて言った。

「だから元さんは、私の大切な人だよって言っているでしょ。できることとできないことがある、子供みたいなこと言わないの」

彼は、子供が叱られた時のように口を尖らせて、

「由美子さん、だんだんきつくなっていく。もっと儚い優しいイメージだったのに」

と私を見た。

「貴男に出逢っていやされて、以前の私に戻ったから、なーんてね」

「僕は淋しくなっていく。でも離れられない」

「私が好き？　私も元さんが大好きだよ。貴男と一緒にいる時間が、すごく楽しい。愛しているよ、私を救ってくれた人だもの。何でも聞いてあげたいけれど、無理なことは無理、時には何も考えず、二人だけの時を心ゆ

くまで楽しみたい。大好きだよ！　元さんが私から離れていってしまったら、私は私でなくなってしまって、立ち直れないだろうと思うくらい、大切な人だよ」と、そっと彼を抱いた。

「本当に？　僕は幸せを感じていたい、体で感じていたい、愛されていることを」

「元さん、可愛いね。出逢った時とは大違い。もっと、落ち着いた、大人の男に感じてた。姉さんと言って甘えれば、何でも許されると思ってる？　でもそういうところも好きだよ」

「貴女と、いろいろなところに行って楽しみたいのに、行くこともできない」

「元気になれたから、別口の彼女でも探してみる？　楽しいかもよ。そうなったら私は、〝本気にしたの？〟って泣くと思うけれど」

「そうだね、出逢ってないようでも、チャンスを逃しているだけかも知れない、貴女に出逢った時のように。あまり逢えなくて淋しいけれど、だからいいのかも。いつもいつも顔を合わせていたら、見えなくてもいいことまで、見えてしまうかな？」

「貴男がいてくれることが幸せで、出逢えて良かったと思っている。やっぱり私だけの元でいてくれる？　こんなに甘ったれ爺さんだったとは思わなかったけど、私の大切な彼氏だよ」

＊

私は彼の家に行く。

「貴男、お尻をかまないで。胸にも跡がついている」

「ご主人へのお便り！」

「やめて！　温泉にも行けないわ」

「記録だね、二人の。もっと強烈なのがお好きですか？」

「惚け防止のために、頭に記録しなさい。それとも私が、貴男の体に素晴しい記録をしてあげましょうか？」

「最近ジムに行っているけど、風呂入れない？　あっ、見せびらかすから、見栄えのいいのにしてくれる？」

「やめて。元さんは私の心の中に、いつでも住んでいるから、困ることはやめて」

「でも、何となく困らせたい」

「ジムに行く気になるほど良くなった？」

「少しずつでも体力戻さないと、一人の生活だから」

「生きているうちは元気でいたいね。この年になっても、生きがいなんて、よく分からないけれど、何かしようとする気持ち、何歳になっても大切だと思う」

「病気になってから、いろいろなことを楽しんで、頭の中にあった考えを、できるかどうか経験してから人生を終わりたいと、つくづく思った」

「どんなことを心に温めていたの？」

「言わない、内緒！」

「今の年でも、ずっと続けてできることって？」

「貴女と楽しい時間を過ごすこと」

「また、そういうふうにはぐらかす。嘘でも悪い気はしないけど、違うことは確かかね。何だろう？」

私も若い時は夢を持って生きていた。でも現実は厳しくて一つまた一つと消えて行く。

その夢すら〝何の夢だったのか？〟と思う年になってしまった。彼はずっとその心を持ち続けていたのか？〝素敵だな〟と思った。

「出逢いって不思議。あの時、貴女がソファーで休憩しなかったら、そして一人でなかったら、僕は声を掛けなかった。じっとモネの絵だけを見ている姿は、何か淋しそうに見えた。淋しさが伝わってきて……」

「そんなに淋しそうに見えた？」

「年齢からして、ご主人でも亡くされたのかな？　僕と同じような別れ方でもしたのかな？　淋しそうだなって、ちょっと気になった」

「気分転換に絵を見に行ったのに、つまらなかったの心の中が。絵を見る気分でもなかった。絵を見ながらいろいろなことを思い出していた。全てが嫌で、死にたくなるようなこともあったけど、死ぬどころか、別れる勇気もないダメ人間」

「それで良かった、僕にとっては。生きていてくれたからこそ出逢うことができた。手術でも、何でもして元気になって、もう少し生きていてもいいのではないのかと思った。でも、それ以上になってしまいました」

何か心が楽になった。私の存在を喜んで認めてくれていると思うと。

「貴男との会話は、お薬のように、心を少しずつほぐしてくれる。どんな話にも付き合って助言してくれ、頷いてくれる優しさに、私自身に戻っていくような気がして。自分自身の心を、見直すきっかけにもなりました」

「今だから楽しいのでしょう。辛く悲しいことも経験したから、愛することとは何歳になっても、楽しいことだと知りました。貴女に出逢って」

人は出逢うべくして出逢うと言うけれど、私達もそうだったのだろうか？

＊

全て許してしまった甘い心を、神はどう裁くのか？　これが自分自身だと、自分を責めながらも、心を許し、語り合える人に出逢えたことは、最高の幸せだと思う。

一生懸命に生きてきた終わりに、忘れていた愛する心を思い出し、優しく心踊る日があっても、許されるのではないのだろうか？

私は生きている。だからこそ、積み重ねてきた愛のない日々に疲れ、〝優しさ〟という誘惑に負けた。

〝愛したあとで、絶えず愛さなければならない〟

ミュッセの詩の一節のように、過去の愛した人との別れは、〝こんなにも好きだったのか？〟と感じるばかりで、悲しみ続けた。

純粋だったあの頃の気持ちそのままに、貴男を好きになってしまった。

人の心は移ろい行くもの。別れが来ても、それもまた、自然の成り行き。

でも、できることなら最後まで素敵な笑顔で、恋人を演じてほしい。

人を愛し、人を信じる喜びを最期に感じながら、幕引きができるのなら、幸せな人生だったと思えるだろう。

世間や夫から、罵倒されようと！


独身時代に、元さんと出逢っていたら良かったのに、とは思わない。この時空に出逢い、どんよりとした目をして二人は互いに絵を見つめ、傷を舐め合ったのだろうか？

モネの淡い色彩の中で私は泣き、彼は病の苦悩の波間をただよい、流され、抑え切れない淋しさと悲しさを互いに感じた心は、叫んだのだろう、「あなた、助けて！」と。

人生の終わりに恋をした。一番無責任で、わがままでお気楽で、信じられないことに不倫。

後ろ指さされるような出逢いもまた、人生の一つだ。不確かな明日でも、悪いことだと分かっていても、お互い求め合った心の温もりが何よりの宝物で、手放したくはない。

姉さんと言って甘える手が、苦しいほどに強く私を抱きしめる。愛する喜び、愛されることとの幸せ。戸惑いの中、〝こっちだよ！〟と呼び続ける彼の手を、しっかりと離すことのないように。引っ張られ、引っ張り合いながら、巷《まち》の川の中、人生の波間で泣いた目は、優しいふりして、貴男と二人、流れのままに浮かんでいる。

著者プロフィール

鈴歌（すずか）

三重県在住。
高等学校卒業。

流れのままに

2023年７月15日　初版第１刷発行

著　者　鈴歌
発行者　瓜谷 綱延
発行所　株式会社文芸社
〒160-0022　東京都新宿区新宿1－10－1
電話　03-5369-3060（代表）
03-5369-2299（販売）

印刷所　神谷印刷株式会社

ISBN978-4-286-24215-6　JASRAC 出 2303078－301